Repertorium des Mannheimer Nationaltheaters

Friedrich Schille

Anmerkung. Eh ich mich im zweiten Heft der Thalia *ausführlicher* über diese Bühne erkläre, sende ich hier ein kurzes Tagebuch über die Vorstellungen voraus, welche vom Neujahr 1785 bis zum dritten des Lenzmonats hier gegeben wurden.

Neujahr. Die *Kriegsgefangenen.*

ten Jenner. *Oda,* oder die Frau von zwei Männern, zum erstenmal. Ein widriges unnatürliches Ding – zusammengerafte Theaterflitter ohne Geschmack, ohne Vorbereitung, ohne Wirkung. Mad. *Rennschüb* als Oda spielte vortreflich. Die abgeschmackten Eremiten wurden durch Herrn *Beks* und Herrn *Iflands* Spiel um nichts erträglicher.

ten Jenner. Der *Deserteur* von Mercier.

ten Jenner. *Günther* von *Schwarzburg,* eine Nationaloper von Holzbauer und Klein, zum erstenmal. Der Zulauf war ungewöhnlich. Die Wirkung? – wenn über Pomp und musikalischer Schönheit schülerhafte Vorstellung sich vergessen läßt, außerordentlich. Herr *Leonhard*zeichnete sich zu seinem Vortheile aus. Demoiselle *Schäfer* ist eine anerkannte vortrefliche Sängerin.

ten Jenner. Die *Eifersüchtigen,* oder alle irren sich. Eine drollige Farce, die hier sehr lebhaft gespielt wird.

ten Jenner. *Juliane* von *Lindorak.* Madame *Gensike* zeigte sich als die Künstlerin von Kopf, warum *rührte* sie aber so wenig? – Zum Beschluß, die *beiden Portraits.* Verdient der Geschmack von Mannheim keine beßre Bewirthung?

ten Jenner. *Jeannette.* Gewöhnlicherweise lassen uns unsre Sängerinnen die Schönheit ihres Gesangs durch desto schlechteres

Spiel entgelten. Dem. *Schäfer* misfällt auch als Schauspielerin nicht. Madame *Brandel* gefiel in der schwazhaften Gräfin. Zum Beschluß war *Pygmalion*, von Rousseau und Benda. Hr. *Bek* als Pygmalion spielte dem strengen Auge des Kenners, aber der unfruchtbare Stoff belohnte *den* Aufwand von Kunst nicht. Kunstbegeisterung verstehen nur wenige. Das süße Erstaunen Pygmalions, beim Aufleben seiner Galathee, ließ mich kalt. Es schien, als hätte die Göttin seinen Wunsch erhört, und das Feuer des Künstlers seiner Statue gegeben. Madame Gensike führte die kleine aber delikate Rolle der Galathee mit sehr vielem Anstand, aber sehr fehlerhaftem Kostüme aus.

ten Jenner. *Günther* von *Schwarzburg*, und ein volles Haus.

ten Jenner. *Kabale* und *Liebe.* Hr. *Bek*, als Major, überraschte einigemal durch Größe seines tragischen Spiels selbst den Verfasser. Demoiselle *Baumann* spielte die Louise Millerin ganz vortreflich, und in den lezten Akten vorzüglich mit sehr viel Empfindung. Mad. *Rennschüb* spielte in der Rolle der Engländerin manches vortreflich, aber sie ist ihr nicht ganz *gewachsen.* Dennoch würde Mad. Rennschüb eine der besten Schauspielerinnen seyn, wenn sie den Unterschied zwischen Affekt und Geschrei, Weinen und Heulen, Schluchzen und Rührung immer in acht nehmen wollte. Herr *Beil* erfüllte die launigte Rolle des Musikus, soviel er wenigstens davon auswendig wußte. Den Hofmarschall spielt Herr *Rennschüb* ganz vortreflich. Auch Herr *Pöschel* gefiel in dem fürstlichen Kammerdiener.

sten Jenner. Die *Väterliche Rache.* Wird hier sehr gut gegeben.

ten Jenner. Die *Spieler*, ein Lustspiel von Herrn Beil, zum erstenmal. Wären die Karaktere dieses Stücks nicht aus der verworfensten Menschenklasse — profeßionierten Spielern —

genommen, wechselte die Farce nicht zu oft mit dem Drama und der Tragödie, das Lächerliche nicht zu gothisch mit dem Rührenden und Schrecklichen ab, das Publikum würde gegen gewisse unverkennbare Schönheiten dieses Lustspiels gerechter gewesen seyn. Warum hat Mannheim Stücke bewundert, die diesem unendlich weit nachstehen? Fürchten sich vielleicht unsre französierenden Herren und Damen ein Stück schön zu finden, wo man sie mit einem Scharfrichter in Konversazion bringt, wo eine abgehauene Hand, in Spiritus aufbewahrt, den Knoten schürzt, und eine englische Dogge ihn entwickelt? Diß und noch mehr würde man dem Verfasser vergeben, wenn man für einige feinere Schönheiten seines Stücks guten Willen genug hätte. Die Episoden des jungen Wernek und des wackern Bedienten Korns haben sehr viel wahres und rührendes, und sind mit Delikatesse behandelt. Es kostet mir Ueberwindung, Stellen die mich vorzüglich rührten, nicht hier anführen zu dörfen. Herr Gern und Pöschel spielten brav. Der Engländer Fernes gewann durch das mildernde edle Spiel des Herrn Ifland.

ten Jenner. Der *Adjutant* und der *Dorfjahrmarkt.* In beiden Stücken glänzte Hr. *Beil,* und im leztern besonders als der wirklich große komische Spieler.

ten Jenner. Die *Nebenbuler.*

sten Jenner. *Günther* von *Schwarzburg,* zum Triumph der Kasse.

sten Februar. Die *Spieler,* zum Vortheil des Verfassers gegeben. Das Stück gewann durch einige Auslassungen. Die Leere des Hauses war ein Beweis, wie wenig dankbar das Publikum zu Mannheim gegen das Talent seiner Schauspieler ist.

ten Februar. *Graf Essex*, zum Debüt einer neuen Aktrice, der Demoiselle *Witthöft* vom Berlinertheater.

Diese in jedem Betracht schäzbare Künstlerin kündigte sich in der Gräfin Rutland als eine große Eroberung für die Mannheimer Bühne an. Herr *Boek*, als Graf Essex, spielte meisterhaft. Ich habe ihn nur im Fiesko größer gesehen. Seine wahrhaftig hohe Darstellung der Rolle ließ dem Publikum nichts mehr zu wünschen übrig. Madame Rennschüb misfiel mir als Königin. – Lieber hätte ich Dem. Witthöft in dieser Rolle gesehen. Herrn Boeks Verdienst war um so hervorstechender, je mehr einige andre Ritter vom Hosenbande vernachläßigten. Schiefes Spiel vergibt man dem schwachen Kopf, aber dem Schauspieler, der sich dem Publikum durch nichts als fleißiges Memorieren empfehlen kann, und der jezt da steht, und seinen Dialog um Gotteswillen aus der Souffleurgrube hervor hohlt, sollten die Geseze bestrafen. – Mad. Brandel hatte diesen Abend eigentlich die Nottingham zu spielen, sie vergriff sich aber in der Rolle, und machte die Fulmer.

ten Februar. Der *argwöhnische Ehmann.* Zum Debüt der Demoiselle Witthöft. Diese vortrefliche Schauspielerin hat ihre gröste Stärke in der Komödie. Naive Wahrheit, Leichtigkeit, und Grazie beseelen ihr ganzes Spiel.

ten Februar. *Günther* von *Schwarzburg.*

ten Februar. Der *argwöhnische Ehmann*, wiederholt auf Begehren.

ten Februar. *Lanassa.* In dieser Rolle ließ mir Demoiselle Witthöft noch etwas zu wünschen übrig.

ten Februar. Das *Präferenzrecht.* z. Beschluß. *Wer wird sie kriegen?*

ten Februar. *Oda*, zum zweitenmal.

sten Februar. Der *Westindier*. Herr Witthöft, zu dessen Debüt dieses
Schauspiel gegeben ward, schenkte dem
Publikum *unschuldiger*Weise einen sehr herrlichen Abend.
Herr *Bek*, als Westindier, spielte *groß*. Diese Rolle schien ganz nur
für *ihn* geschaffen zu seyn, und schwerlich wird ihn ein deutscher
Schauspieler darinn erreichen. Demoiselle *Witthöft* erhielt auch hier
den lautesten und verdientesten Beifall.

sten Februar. Die *Lästerschule*. Ein bekanntes gutes Theaterstück
aus dem englischen.

sten Februar. Die *olympischen Spiele*. Ein Singspiel.

sten Februar. *König Lear*. In dieser großen Rolle erscheint
Herr *Ifland* im ganzen Umfang seiner Kunst. Ich behalte mir die
Freiheit vor, über das, was ich an seinem Spiel bewundre, und was
ich nicht bewundre, ein andermal weitläuftiger zu reden. Demoiselle
Witthöft rührte sehr als Kordelia. Regan und Gonerill? – Madame
Rennschüb behagt mir zehnmal besser in ihren guten Weibern, als
in ihren schlechten Prinzessinnen. Herr Boek [191] misfiel mir in
der Rolle des Edgar. Er ist zu kalt, und wo er den
wahnsinnigen *Tom* spielt, schadet er der tragischen Rührung.

Den 1sten Lenzmonat. Die *Eifersucht auf der Probe*. Ein sehr gutes
Singspiel.

Den ten Lenzmonat. *Emilia Galotti*. Herr Beil spielte den
Odoardo *meisterhaft*. Demoiselle Witthöft die Emilia vortreflich.
Madame Rennschüb wurde – warum? weiß das Publikum vielleicht
selbst nicht – als Klaudia beklatscht. Mad. *Gensike* spielte die Gräfin
Orsina besser als sonst, und wurde einstimmig darinn anerkannt.

Gegenwärtig ist die Nationalbühne zu Mannheim beschäftigt, Shakespeares Julius Cesar, nach einer Umänderung des Freiherrn von Dalberg, dem Publikum aufzutischen. Das römische Kostüme erfordert erstaunlichen Aufwand, und alle Anstalten zu diesem Stück versprechen eine außerordentliche Vorstellung.

(Die Fortsezung ein andermal.)